밤폭풍에 웃는다

2

츠츠이 이츠키

KB212850

CONTENTS

이 작품은 픽션입니다. 실재하는 인물, 단체, 사건 등과는 일절 관계없습니다.

#5 붕괴

이 녀석…

어…?

수영장 때…

검은 점퍼….

하…

하…

몸이…

안 움직여….

파

앗

달칵

달칵

누가
있어…?

깜짝

저건….

…미즈사와.

…윽!

6

7

저 녀석…

날 수영장에서 덮친 녀석…

타앙

미즈사와…

다친 데는…?

· · ·

비

투ㄹ

어째서

8

하아…

정말
대체
뭐야…

내가
무슨 짓
했다고…?

…안 늦어서
다행이야.

선생님….

네네는
키라의

소중한
친구지?

또… 구해
주었어.

오
오
빡

그러면
말이야.

네가
오물이
될래?

더 이상
잘해주지
마세요.

하
아

하

윽…!

…안 돼요,
선생님.

근데
분명,

구관
공사 현장에
선생님을
데리고
오라고
했어요.

키라는
그것만
해서는
용서해
주지 않을
거예요.

재미
없다고
혼나요….

후

덜
덜

덜
덜

덜

저, 이걸로
선생님을
다치게 하지
않으면

못 돌아
가요….

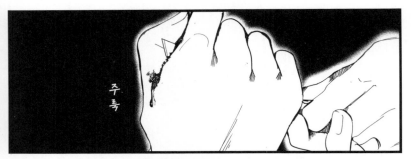

주룩

꽈악!

어…?

이거면…
되겠니?

헤헤…

아….

끈
적

구관…
이었지…?

박
박
박
박

선생님….

난
괜찮아.

저질이야….

난….

선생님은
날 구해
줬는데

미즈사와
네네.

어라…
우리 반
에서

등교
거부
했던…

빠
안!

뭐…?

오기노
선생님
가시는 거
안 봐?

…!

요아라시
…?

17

비 온 뒤에는 바람이 거세게 부니까.

…?

조심해.

문제없어.

살짝 위험했지만.

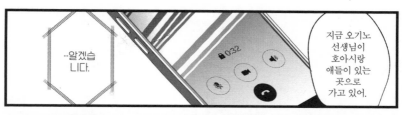

...알겠습니다.

지금 오기노 선생님이 호아시랑 애들이 있는 곳으로 가고 있어.

...응.

계획했던 대로 부탁해.

좋네 좋네 야마자키 댄싱도 해

어디로 가 찍고 싶어?

휴대폰도 바꿨지? 좋겠다

뭐 그렇지

그래 그래

...네?

곧 여름이네.

아무것도 아니야.

....

먼저 오물을 울린 녀석한테 밥 쏜다는 건 어때?

괜찮네.

좋은 동영상 찍어야 해, 타이라.

그래, 그래.

오물의 얼굴을 갈아 버려야지.

꺄아

꺄 꺄 꺄

키라도 이걸로 두들겨 팰 거야!

야, 야, 죽이거나 그러지 마.

코다는 그쪽이 아니야.

이야~ 한 방 날려 버릴까?

크크크

어?

2학년 A반에서 사진 유출해서 핫했잖아~

우리도 질 수 없지~.

뭐?

오물을 강간해, 코다.

할 수 있지?

...

오물은 징그러워서 안 서.

그전에

뭘 그런 걸로 경쟁해?

무리야, 무리.

아.

오

...윽.

싹

하라고.

오물, 이쪽이야, 이쪽.

기특하다, 기특해.

...윽, 호아시.

네네는?

얼 라

22

오, 오물.

이것도 학생을 위한 거라고 생각하고 말이야.

살짝 벗어볼래?

처 억

진짜로 싫은데 말이야…

…!!

꽈악

아니ㅡ

호아시의 심기를 건드리면 후환이 두렵거든.

네네도 참, 열심히 했네!

오물, 진짜야? 그 상처?

…!

커터 칼을 주길 잘했다~.

나중에 잘했다고 칭찬해 줘야지.

…호아시.

25

이제 이런 짓
그만할래?

미즈사와
한테도
다른 아이들
한테도…

날 상처
주라고….

호아시가
지시한
거지…?

꽈악

26

얘기라면 선생님이 들어줄게…!

폭력으로는 아무것도 해결할 수 없어.

아직도 찍고 있나?

응

버

럭

그러니까…

….

누군가를 다치게 하면 호아시 너 자신도 다치게 될 거야.

으

글쿠나…

알았어!

이제 오물을 가지고 안 놀아.

뭐…?

…!

그러니까

무릎 꿇어.

28

남한테 부탁할 때는 말이야.

무릎 꿇으면 하라는 대로 할게.

덥

머리를 땅에 대고

석

…!

부탁합니다, 키라 님이라고 해야지.

꾹

어서!

욱

어라?

이제
폭력은
쓰지 마.

학생에게
강하게
말할 수
있게 됐다.

줄곧
변한 줄
알고
있었다.

전이랑 하나도 달라지지 않아….

이걸로는

오물 양!

끼익

끼익!

안 들리는데~.

더 큰 소리로 부탁해.

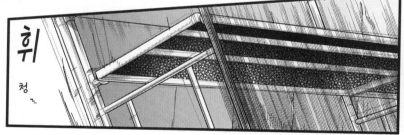

36

실화야…?

철
커
덩

딸
그
락…

선생님…!

40

밤폭풍에 웃는다

밤폭풍에 웃는다

철골이 붉은 하늘을 반사하며

빙글빙글 돌면서 떨어지기 시작하였다.

아… 왠지 감동적이야.

어?

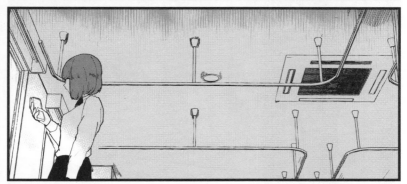

와

랑

다행이다!

아파라….

욱신

키라?!

꼬

욱

키라~.

...

48

여기 어디야…?

음,

나, 야마자키야, 알아 보겠어?!

알아, 알아.

아….

어제저녁에 사고 나고 꼬박 하룻밤 동안 눈을 안 떠서….

!

가벼운 뇌진탕이라고 의사 선생님이 그랬는데.

학교나
건설 회사에
잘못은
없었다고
교장이
그랬는데

그 붕괴 사건은
강풍이
원인이었대.

공사 현장에
있던
2학년 C반
학생에게
주의를 주라고
하지 뭐야?

아니,
우리는
죽을 뻔했는데
말이야.

왜 혼나는지
열 받아.

....

50

그런 건
아무래도
좋아….

아

키라 가방
갖고 왔어.

땡큐.

오기노도
여기 입원해
있대!

!

안
일음
66건…

아,
맞다.

오기노도
무사하대!

오기노가
키라를 감싸서
철골에 깔렸어.

역시
중증인가 봐.

아직
못 깨어나고
있는데

저기,
야마자키.

…!

어?
아니….

키라를
감싸줬고….

왜
…

'오기노'

가
뭐야?

미안….

….

…어라?

왠지….

키라　어제
23:20

괜찮아 ?!　어제
23:20

무슨 사고가 났다는데 사실이야 ?　어제
23:31

어제
23:31

오기노도 오늘
학교 안 나왔어　오늘
08:25

키라가 없으니까 따분하더라ー
오기노의 대타는 쿠로다였고　오늘
08:25

오늘
08:25

내일 학교에 올 수 있어 ?
키라랑 얘기하고 싶다　오늘
08:31

54

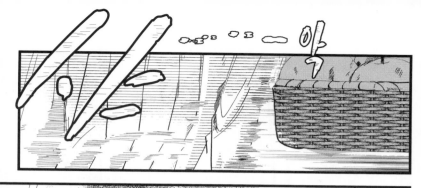

어…?

뭐야…?

안녕.

호아시 키라.

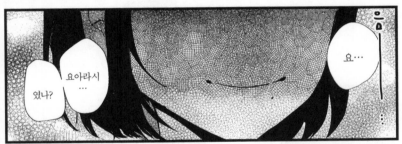

요…

요아라시 …였나?

…

호아시가 다쳐서 오늘 못 나온다 길래

56

병문안
오면서
과일이랑

부스럭

오늘 내주신
학교 숙제를
갖고 왔어.

키라는
초등학생이
아니야.
하루 정도는
대충해도
되는데.

있잖아….

…

….

고마워….

일부러…?!

그런 이상한
검은 옷은
안 입었었고…

…더
수수한….

그렇게
날카로웠나?

근데

요아라시는
1학년 때
A반이었어?

키라도
A반이었는데
별로 기억이
안 나서~.

부스럭

죽을
뻔한 거
아니었어?

사고…
무서웠
겠다.

58

다행이네.

오기노 선생님
덕분에
살았으니까.

그럼
먼저
갈게….

아…
응.

그렇
구나….

스슥

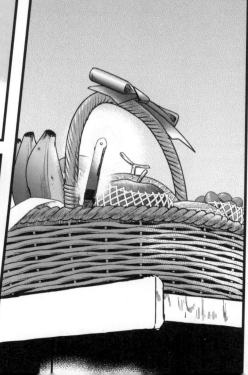

검사에 문제가 없었으니까 이만 퇴원해도 돼요.

아직 욱신거리거든요!

부대도 놀러도 되는데…

어라? 호아시 씨.

…이런 건 말하면 안 되는데….

아… 그 사고 당하신…

키라의 담임 선생님 병실을 알려줬으면 좋겠는데~.

저기요, 간호사 선생님, 오…

…

…비밀이에요.

흑…

키라를 살려준 선생님인데…?

64

고마워요, 간호사 선생님!

감사 인사 하고 올게요!

'오기노 선생님' 한테!

하늘 같아서~.

스승의 은혜는

오물.

정말ㅡ

네네가
뒤처리를
말끔하게
안 하니까~

씨앵

씨앵

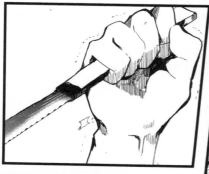

파

움찔

사과해….

끈질긴
오물 자식.

키라 님이
대신
끝내줄게.

앗

죽는 게
훨씬
나았어….

!!

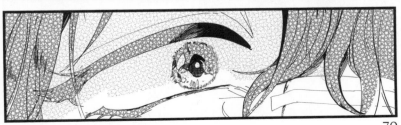

아….

호아시….

무사
했구나….

하아

스

윽

다행이다.

...윽.

까앙

....

호아시….

후후

그치,
시노하라
선생님?

택시는
현금밖에
안 된다고
하고

막차는
더럽게
일찍 끊기고,
여긴 여전하네!

아
하
하
하

우우우우웅

아하하하

얼굴이 왜 그래? 다 죽어 가는데?

너, 도쿄에서 기자 일을 한다는 거….

…이부세… 왜 일부러 돌아온 거야?

어디 들어갈 만한 가게라도 찾아줘.

천천히 얘기하자.

하

뭐, 경계하지 마. 옛 친구.

밤폭풍에 웃는다

여기도.

여기도

여기도

그동안
감사했습니다

선술
한잔하고기

10년 만에
다 사라졌어~.

전~부
망했잖아.

아직
저녁
이곤
인데 시!!

중1 때
우리 담임
욧시가
졸업식 때
한 말
있잖아.

우리 고향은
젊은이들이
도시로
도망쳐서
점점 과소화
하니

너희들
세대는
고향을
지킬 책무가
있다.

울었지,
욧시.

뭐
…

…그래도
편의점은
열려있네.

그게
이 모양
이 꼴
이라니.

…

예이ー

아~아,
엿 같네.

후ー

여학생한테
손을 대고

그걸 SNS에
일기 대신에
올렸더니
반 애들한테
확산돼서
휴직 처분
이라니.

시노하라가
고향에
남아서
교사가
된다는 꿈을

응원했는데
말이야.

직업상 이것저것 소재를 찾고 있거든.

홀짝

…뭐?

…근데

어떻게 넌 내가 저지른 일을 알고 있냐?

내 일은 동네에서도 함구령이 깔려 있는데….

중얼중얼…

내 직업 이야.

철컥

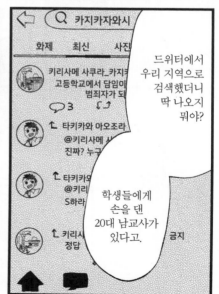

🔍 카지카자와시

화제   최신   사진

키리사메 사쿠라_카지카_ 고등학교에서 담임이 범죄자가 되

💬3

타카가와 아오조라
@키리사메 사
진짜? 누구

타키가와
@키리
S하라

키리사
정답

드위터에서 우리 지역으로 검색했더니 딱 나오지 뭐야?

학생들에게 손을 댄 20대 남교사가 있다고.

금지

83

자유롭게 쓰게 해주니까 성격에 맞거든.

그리고 고 정당지는 아까 주웠어

가십에서 도시 전설까지 뭐든지 쓰는데

주간 실화 트라이... 수상해.

딸깍

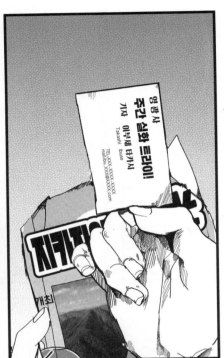

영광사 주간 실화 트라이!!

기자 이부세 타카시 Takashi Ibuse

TEL.XXX-XXXX-XXXX mailto:XX@XXXX.com

자카자카

개최

...그런 건

네 일을 숨기는 학교, 없었던 일로 하는 교육 위원회,

교육 위원회랑 이어진 시의회.

어느 시골이나 마찬가지지.

꾸 긱 ㅇㅇㅇ

네 일은 친구의 얼굴을 봐서 안 써줄 테니까~.

슥

뭔가 소재로 할 만한 거 따로 없냐? 시노하라.

MOVIUS

주ㅇ어?...

…몰라.

응?

옹호는 안 하지만 동정은 한다~.

스읍

와아우우ㅎ

85

반 단톡방에 올린 타이밍에 들어갔다 빠진 녀석,

그 녀석이 사진을 올렸어.

날 폭로한 녀석, 누군지 몰라.

반 외부에서 들어온 장난 범죄,

난 그렇게 보고 있지.

내 반 학생, 한 명 한 명에게 진심으로 대했어!

사귄 여학생을 아꼈다고!

진학률도 내가 맡은 반이 가장 높아.

잘라야 할 무능한 놈이라면 나 말고도 얼마든지 있어.

투욱

이런 내가 누구한테 폐를 끼쳤다는 거야?

그 여자.

오물,
그때

날 보고
웃었어.

왜
내가···.

학교에
남았는데···

학생에게
괴롭힘당한
교사는

활

재밌다!!

그게
뭐야!

짜아아

그 교사는 학생한테 얼마나 괴롭힘 당했어?

그거 너 아는 사람이야?

연락은 안 돼?

…야, 이부세.

학생… 시민을 지키기 위해 필요한 정치잖아.

안일주의 라는 건 전부 나쁜 게 아니야.

그렇게 이 마을을 헤집으면서 뭘 할 생각이야?

둘 수 없어서 그런 거야.

고향을 생각한다면 내버려….

파헤치고
속을
끄집어내는 것도
고향애잖아?

…흥.

궤변이네.

그걸로
밥 먹고
살아가니까.

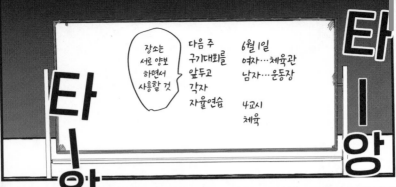

장소는
서로 양보
하면서
사용할 것

다음 주
구기대회를
앞두고
각자
자율연습

6월 1일
여자···체육관
남자···운동장

4교시
체육

타ㅣ앙

오늘도
오기노
안 왔네.

후다닥

후다닥

많이
다쳤잖아.

1학기
중에는
돌아올 수
있을까?

···

나 때문
이야….

꾸욱.

날 구해
줬는데….

미즈사와,
혼자야?

오기노
선생님을
다치게
하고

끌어
들이고…

하아….

하

하아.

오늘로
일주일 째네….

요아라시
....

후—

어서 학교에
돌아가서
확인해야 해....

실례합니다.

나, 오기노 선생님이…

너무 걱정돼서….

와버렸어요.

응?

네네

키누가
선생님이
입원한 곳을
알려줬어요.

싱긋

꽃도
네네랑
둘이서
샀어요.

98

'키누'... 이름으로 오아라시 를...

전에는 키누가 이상해 보이고 불편했는데

얘기해 보니까 재밌어서~.

....

뭐, 난 나름! 운동부 였으니까!

중학교 때는 현 대회까지 갔어~.

네네가 나한테도 비법을 알려줬거든요.

오늘 네네랑 배드민턴 페어를 맺었는데

꺄아 꺄아

별로 친구가 없어서….

아니…

저…

어

키누도 운동신경 좋으니까 뭐라도 동아리에 들어가지.

근데

음…

의외라고
해야 하나,

요아라시랑
미즈사와가
어느새
친해졌구나….

들었어요,
선생님.

등교 거부했을 때
선생님한테
편지를 많이
받았다고….

키누는
오기노 선생님을
제대로
선생님으로
보니까….

오기노 선생님은 역시 다정하네요….

…미즈사와.

앞으로 일주일 정도 입원해서 상태를 보는 게 좋다고 하는데

선생님, 다리는 괜찮아요?

월요일에는 퇴원해서 학교에 갈 수 있도록

병원 선생님께도 의논했어.

헤헤

당분간은 목발 짚고 생활해야 겠지만.

저 상처….

두 사람이 병문안 와준 건 그… 기뻤어.

102

병원 사람한테
빌릴 수 있는지
물어볼게!

…네네,
꽃병 갖고
왔어?

꽃은
샀는데.

어?

그거
갖고 와야
하는
거였어?!

콰

앙

오늘 날씨
좋은데
말이에요.

잠깐
바람 좀
쐴까요?

끼익~ 끼익 끼익 끼익 끼

끽...

선생님이 없는
일주일 동안
학교에서
얌전하게
있었으니까.

…!

그런 표정
짓지 마요,
선생님.

미즈사와
네네.

귀엽죠?

…뭐?

헌신적이고
고분고분
하고

허세쟁이에
고집쟁이,

타앗

외로움을
많이 타는
여자아이.

선생님에게
칼을 들이대지
않도록
지켜봐야겠네요.

…공사
현장에서
일어난
붕괴 사고.

그것도
요아라시가
한 거야?

공사 현장
사람한테도
실례죠.

뭐, 출입
관리를
대충 한
공사 현장도
잘못이
있지만.

태풍
같은 게
아니면.

강풍으로
발판이 그렇게
쉽게 무너지지
않을 텐데

어떻게…?

뭐…?
굴착기를
움직였어?

굴착기 키도
그냥 꽂아
뒀으니까요.

…서,
설마

협력자가
있는 거야?

요아라시
에게.

요아라시…
모르겠어.

비밀.

과도···
호아시가
며칠 전
내 병실에
놓고 갔어.

호아시가
왜 내 방에
왔는지.

선생님
말이에요···.

사고 때
왜 뛰어들어서
구한
거예요?

!

그거
내가 준
거예요.

호아시
같은 애는

죽어버리면
좋잖아요?

결과는
달랐지만.

자해라도
하면 더
재밌겠다
싶었는데
말이죠.

선생님한테
칼날을
대면 반격
하려고 했고

아냐⋯.

⋯사실이야?

요아라시는
날 구하기
위해서
왔다고 했는데

⋯.

병실에
돌아가도
없고!

아이참~
찾았잖아.

옥상에
있을 거면
연락해야지~.

미안,
미안.

...

꽃병 빌려서
사 왔어

꽃병...
작은가?

118

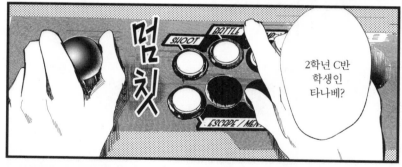

시골에서 늘어져 있는 너희들에게 자극을 주는 영웅이지.

자 랑 함

오기노 선생님에 대해서.

말해줘.

오기노 (21)

밤폭풍에 웃는다

후———— 욱

절뚝

절뚝

너무
힘들어.

한 번 쉬면
다신
못 돌아올 것
같아서.

후————

그동안
학교···
일도
쉰 적이
없었다.

124

드륵

즈

응

속닥

오기노, 왔다…

속닥…

왔다…

속닥…

속닥…

실화냐?

…퇴원
했다고
했으니까
…

음….

탁
탁

어라…?

꼬
적

꼬
적

꼬
적

내 말을
무시하는
비웃음도
없어.

욕도
들리지
않아.

마치
전이랑
달라.

타나베
도….

안 나왔던
학생들도
학교에 왔어.

카와세랑
치카타…

호아시는
아직
안 왔지만….

어째서….

오늘은 신발장에 쓰레기도 없었고

아직 복도에서 한 번도 발로 차이지 않았어.

무엇보다

'오물'이 아니라….

까깍 짝

오기노, 왔네.

타 다 다 닷

잘된 거 아니야?

…!

솨

들었던 것보다 일찍 왔더라.

호아시는 찰과상밖에 없었는데 입원했다더라.

그동안 실컷 오기노를 괴롭히라고 했잖아….

호아시랑 애들은 사과 안 하나?

진짜? 그게 가능해?

붕괴 사고 때 오기노가 구해줬다며?

그렇구나.

결국 요아라시 덕분이야….

꾸욱…

그 사고를 알고 학생들의 인상이 달라진 건가?

내가 꿈꾸던
교실이
되어 가고
있어….

요아라시는
어째서
날 위해서?

…하지만
어째서…

…비밀.

알려주지
않는다면
내가
알아봐야지.

학생의
생활기록이
적혀진
조사서….

20XX년도
1학년 학생 조사서
외부 반출 금지

펄럭

펄럭

!

요아라시의
생활기록
조사서만
빠져있어.

1학년 때
담임이었던
요시오카
선생님은
지금 휴직
중이야.

…어째서

요시오카 선생님과 난 같은 연차이며 졸업하자마자 학교에 들어온 동기였다.

함께 힘내요.

오기노 선생님.

싱긋

온화하고 학생들 에게는 인기가 있고 교사들 한테는 기대받던 교사….

요시오카 선생님은 1년 차에 담임을 맡게 된다니 대단하세요.

존경 스러워요….

성

오기노 선생님도 분명 담임이 될 수 있을 거예요.

긋

요시오카 선생님은 1학년 때의 요아라시를 알고 있을 거야.

쉬고 있는 중에… 죄송하지만.

질질…

영광시
주간 실화 트라이!
기자 이부세 타카시
Takashi Ibuse
TEL.XXX-XXX...
mail.ibu.XXX...

타앗

타앗

타앗

고마워, 키누~

알기 쉽게 설명해 주는구나~.

생물은 하나도 모르겠거든

…뭐….

키누는 머리도 좋은데 학교 안 올 때도 공부했어?

그렇게 외출을 자주 한 건 아니니까….

이거 봐봐, 전에 갔었는데.

씨익

다음에 버스 타고 시내로 놀러 가자.

봐, 이 파르페 있잖아. 사이즈 대박이지?

...

< nene

여고2 카지카자와 팔로우

키누랑 추억을 만들고 싶어서~

스윽..

이거 봐봐,

이런 것도.

…윽.

키누가
학교에
오기 전에
오기노
선생님께

나…
괴롭힘?
같은 걸…

했다고…
해야 하나….

네네.

아앙앙

다 같이
놀자고
했던 건데….

아니,
왜.

….

오기노
선생님은…

선생님의
손 상처도
내가
만들었어.

내가
곤란할 때
구해줬는데.

키라에게
거역할 수
없어서….

내가…
미워졌어?

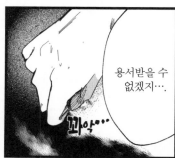

용서받을 수
없겠지….

꾸익…

…뭐?

선생님의
손 상처는
어떻게
만들었어?

…새삼스럽게
어떻게…

오기노
선생님께
용서
받는다니
….

…용서받고
싶어?

내가 커터를
대니까
선생님이
날을 쥐고….

…!

아냐,
네네.

…?
무슨….

네네가
네네 자신을
용서해
주려면

딸깍

딸깍

딸깍

오기노
선생님이
느꼈던 아픔이
필요하잖아?

네네에게
선생님과 같은
상처를
만들면 돼.

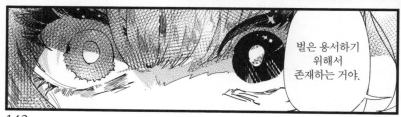

편해지고
싶잖아.

미즈사와
네네.

하

꾸욱

더 세게.

9

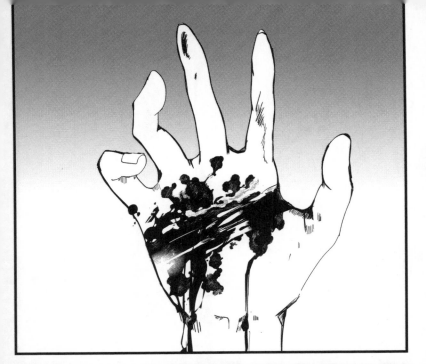

...

아니.

아파?

실례합니다,
카지카자와
고등학교 교사
오기노입니다.

요시오카

딩 동

드 특

151

왠지
분위기가….

요시오카
선생님…?

맞죠…?

오기노…
선생님
이었군요.

….

'요아라시'가
있는
2학년 C반
담임이
되셨다고….

…충고해
드릴게요.

!

밤폭풍에 웃는다

떡석

타나베 꿍♡

네가 없던
2주 동안
얼마나
외로웠는데.

….

아?
오물?

손
치워

…오물은?

우
―
이

다시
극복해서
다행이다.

158

…오랜만에
등교했더니

공사 현장
사고 때
다쳐서
아직도
못 돌아온대.

호아시를
지키다
크게
다쳤다는 거
들었어?

오기노.

오기노
선생님,
왠지
불쌍해.

뭐?

아, 오기노
선생님,
왔다.

다행이다.

무사해서
다행이다.

너희들

하나가
돼서

오물
이라고

비웃었
잖아.

오기노
선생님에
대해서
알려줄래?

160

음냐
음냐

에이,
그럴 리가
없을 텐데….

그런 녀석
몰라.

…시끄
럽네.

2학년 C반의 문제아가
게임센터에서
평일 내내 늘어지고 있다고
교사 회의 때 보고가 올라왔어.

이름이 타나베였지.

어떤 선생님한테
'재밌는' 학생이
게임센터에서
시간을 때우고
있다고
알려줬거든.

왜 불량 학생인
네가
그런 곳에서
혼자서
삐뚤어져 있어?

…타나베.

너, 오기노
선생님을
괴롭혔다는 게
사실이야?

딸깍
딸깍

부스

럭

연락처는
명함에
적혀있어.

받아둬

돈...

....

내가
네게 줄
의뢰는

학교에
돌아가서
오기노 선생님에
대해서 알아봐
달라는 거야.

보고할
때마다
용돈
줄 테니까

...수지맞는
장사
아니야?

딱히

기대한다~.

타악

타악

돈이
필요한 건
아니다.

오물.

복수
당한 거
아니야?

만약
정말로…
그렇다면

…그때

검은 점퍼는
오기노를
지키는
것처럼
보였다.

'검은 점퍼'를 알아?

일 용
16:37

네네를
좋아했던 거
아니었어?

….

누가
너한테….

농담하지
말라고.

타나베가
불러내서
고백한다니
진짜 짜증
나는데.

얼굴 좀 봐.

타닥

타닥

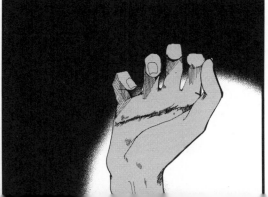

타닥 타닥 타닥

언젠가 흉터가 사라지게 되면

이 상처가 아물어서…

오기노 선생님을….

내가 잊지 않도록.

또 키누가 만들어줘.

….

…응.

174

…다들

꼬옥

오기노
선생님이
좋은
선생님
이란 걸

더 알아차리면
좋을 텐데….

스―윽

!

선생님을
괴롭힌 걸….

….

하지만
다들 반성
해야 해….

네네랑
같은
생각했어.

…응?

저벅…

반 애들이
모두 굳게
반성해서

오기노
선생님에게
신뢰받는다는
증거를
얻어야 해.

오기노
선생님께
괴롭혔다는 걸
참회한

복종의
증거.

같은 옷을
입으면
단결력도
올라가잖아?

반 전체가
검은 교복을
입는 경치.

그때
처음으로
오기노
선생님이
바라는
이상적인
반이 돼!

오기노
선생님의
편이라는
증명.

…흑.

오기노
선생님도
무조건
고마워할
거야.

…!

키누.

나도
그 경치를
보고 싶어.

내일 봐.

독
독

철
억

멈
칫

봐줬는데
말이야.

파

앗

으

ドサッ

쓸데 없는 짓 하지 마.

멈

야.

칫

호아시.

뒤적

뒤적

뒤적

뒤적

뒤적;

뒤적

조사표뿐만이 아니라 요아라시랑 관계된 모든 서류가 없어.

교내 설문조사 답안 용지,

진로 희망표,

요아라시의 과거에 관한 단서를 요시오카 선생님으로 부터는 얻을 수 없었다.

그것도 요아라시랑 관련이 있다고 하면….

요시오카 선생님의 휴직 이유, 정신 질환….

…어? 요아라시…?

21:11

라임
요아라시로부터 두 건의 메시지 지금

밤폭풍에 웃는다 2 (끝)

SPECIAL THANKS...

· 그림 어시스턴트
  마츠바라 님, 다나카 님, 오오이시 님

· 디자인
  모리타 님 (POCKET)

· 단행본 편집자
  야나기다 님 (유기 디자인)

· 담당 편집자님
  나라사키 님

· 독자 여러분!!!

  3권에서도 만날 수 있기를!!

                    츠츠이 이츠키

밤폭풍에 웃는다 2

초판 1쇄 인쇄 2025년 3월 10일
초판 1쇄 발행 2025년 3월 15일

저자 : 츠츠이 이츠키
번역 : 최신영

펴낸이 : 이동섭
편집 : 이민규
디자인 : 조세연
영업 · 마케팅 : 조정훈, 김려홍
기획편집 : 송정환, 박소진
e-BOOK : 홍인표, 최정수, 김은혜, 정희철, 김유빈
라이츠 : 서찬웅, 서유림
관리 : 이윤미

㈜에이케이커뮤니케이션즈
등록 1996년 7월 9일(제302-1996-00026호)
주소 : 08513 서울특별시 금천구 디지털로 178, B동 1805호
TEL : 02-702-7963~5 FAX : 0303-3440-2024
http://www.amusementkorea.co.kr

ISBN 979-11-274-8660-0 07830
ISBN 979-11-274-8354-8 07830 (세트)

YOARASHI NI WARAU
©2022 by Itsuki Tsutsui
All rights reserved.
First published in 2022 by SHUEISHA Inc., Tokyo
Korean translation rights in Republic of Korea arranged
by SHUEISHA Inc.

이 책의 한국어판 저작권은 일본 SHUEISHA와의 독점 계약으로
㈜에이케이커뮤니케이션즈에 있습니다.
저작권법에 의해 한국 내에서 보호를 받는 저작물이므로
무단전재와 무단복제를 금합니다.

*잘못된 책은 구입한 곳에서 무료로 바꿔드립니다.